ইনফার্নো

একটি ৭২-টুকরো শিল্প সংগ্রহ

কর্তৃক

দিনো দি দুরান্তে

ইনফার্নো

শিল্পকলার সংগ্রহ

কর্তৃক

দিনো দি দ্যুরান্তে

প্রথম সংস্করন
10 9 8 7 6 5 4 3 2 1

ইউএস কংগ্রসেরে পাঠাগার VAu 1-189-270

ISBN-13: 978-1-62879-033-7
ISBN-10: 1628790334

বইগুলি পাইকারি হিসিবে কেনার জন্য দয়া করে যোগাযোগ করুনঃ

GOTIMNA PUBLICATIONS, LLC
WWW.GOTIMNAPUBLICATIONS.COM

শিল্পদ্রব্য কেনার জন্য দয়া করে যোগাযোগ করুনঃ

EPIC ART COLLECTIONS, LLC
WWW.EPICARTCOLLECTIONS.COM

আমি এই কাজটি দান্তে আলিঘিয়েরিকে উৎসর্গ করছি,
আমার জীবনের শিক্ষকরা

এবং

আমার স্নেহের লুসিয়া,
আমার জীবনের “আলো”,
যাকে আমি বিয়াট্রিসের ভাবমূর্তিতে অমর করেছিলাম।

শেষ বিচার

মুখবন্ধ

দান্তে আলিঘিয়েরি ওনার মাস্টারপিসটি লিখেছিলেন, দা ডিভাইন কমেডি, ১৩০২ এবং ১৩২১ এর মধ্যবর্তী সময়ে। শেষ সাত শতাব্দী ধরে, বহু শিল্পী এটাকে অঙ্কন এবং চিত্রকলার মাধ্যমে দৃশ্যত অনুবাদ করতে চেষ্টা করেছিলেন। তাদের মধ্যে আছেন স্যান্ড্রো বত্তিচেল্লি , উইলিয়াম ব্লেক, জিওভান্নি স্তারদানো, গুস্তাভ ডোর এবং মহান সালভাদোর দালির মত শিল্পীরা। গুস্তাভ ডোর সবথেকে বিখ্যাত কাজটি করেছিলেন,যেটি প্রথম ১৮৬১ সালে প্রকাশিত হয়েছিল। এক শতাব্দী পরে সালভাদোর দালি তার বিমূর্ত চিত্রকলার উদ্ভাসন করেন। যাইহোক, ইতালীয় দান্তোলজিসটদের মতে, শুধুমাত্র একজন শিল্পী, স্যান্ড্রো বত্তিচেল্লি , ১৪৮০র দশকে এটাকে সঠিকভাবে অনুবাদ করেছিলেন। এখন, একজন সমকালীন শিল্পী চ্যালেঞ্জটি আবার নিয়েছেন...

দিনো দি দুরান্তে, একজন কল্পিত বিষয়ক শিল্পী, দান্তের নরককে ক্যানভাসে তুলে আনার দায়িত্ব নিয়েছেন। ওনার লক্ষ্য শুধু দান্তে আলিঘিয়েরির ইনফার্নো মাস্টারপিসের নিখুঁত অনুবাদই নয়, কিন্তু এছাড়াও এটা ডিভাইন কমেডির সঙ্গে অপরিচিত ব্যক্তিদের প্রভাবিত এবং শিক্ষিত করার প্রচেষ্টা। এখানে দৃশ্য চিত্রগুলি ডোরের সাদা কালো লিথোগ্রাফ নয়, অনেক পরে অঙ্কিত সালভাদোর দালির বিমূর্ত চিত্রকলাও নয়। বরং এর বদলে দি দুরান্তে দিতে চান রঙিন এবং যত্ন নিয়ে আঁকা একটি সমৃদ্ধ চিত্রকলার সেট, যেমনটি আগে কখনও দেখা যায় নি। তাঁর গভীর ব্যাখ্যামূলক নরকের চিত্রাবলি সাত শতাব্দী আগে যারা দান্তে আলিঘিয়েরির শব্দগুলিকে বর্ণনা করতে চেয়েছিলেন তাদের সবাইকে ছাড়িয়ে গেছে।

দিনো দি দুরান্তের দান্তের ইনফার্নোর প্রকৃত যাত্রা ২০০৭ সালে শুরু হয়েছিল একটা অঙ্কন উপন্যাস তৈরির চিন্তা থেকে, সেটাই পরে খুব তাড়াতাড়ি বৃহত্তর রূপে এই চিত্রকলার বইটির রূপ নেয় যেটি ২০১৪ তে শেষ হয়েছিল। এই দীর্ঘ এবং দুরূহ কাজের কারন হল যে দি দুরান্তে একজন স্বপ্নদর্শী শিল্পী এবং শিল্প নির্দেশক যিনি পুঙ্খানুপুঙ্খ বর্ণনার জন্য উৎসর্গ, ধরন এবং মনোযোগ দাবি করেন। তাঁর বিশাল শিল্প সংগ্রহের একটা অংশ একটি অ্যানিমেশন চলচ্চিত্রে ব্যবহৃত হয়েছিল যেটি একত্রে ইংরেজি এবং প্রাথমিক ইতালীয় ভাষায় প্রযোজিত হয়েছিল, শিরোনাম দেওয়া হয়েছিল পর্যায়ক্রমে "দান্তেস হেল অ্যানিমেটেড" এবং "ইনফার্নো দান্তেস্কো অ্যানিমেটো"। তাঁর সম্পূর্ণ ৭২ টুকরো অনন্য শিল্প সংগ্রহ ব্যবহার করা হয়েছিল "ইনফার্নো বাই দান্তে" চলচ্চিত্রে যেখানে আমেরিকা যুক্তরাষ্ট্র, ইতালি এবং ভাটিক্যান থেকে আগত ৩০ জনেরও বেশি সেলেব্রিটি, অধ্যাপক এবং দান্তোলজিসটদের(দান্তিস্তি)দেখানো হয়েছিল।

দি দুরান্তে অনুপ্রানিত দান্তের মহান কবিতার রূপান্তর ও উপস্থাপনা এই চলচ্চিত্রগুলিতে জীবন পায়। দান্তে এবং ভার্জিলের সাথে নরকের বিভিন্ন ধাপে দর্শকের যাত্রাগুলিতে প্রদর্শন করা হয়েছে দান্তের বর্ণময় দর্শনের বিদ্রূপাত্মক বর্ণনা যেখানে পাপীদের শাস্তি দেওয়ার বিস্তারিত বর্ণনা আছে। অ্যানিমেটেড চরিত্রগুলির সঙ্গে যেতে যেতে আমরা চিরকালের জন্য নষ্ট হয়ে যাওয়া পৃথিবীর দিকে একটা অন্ধকার সমুদ্রযাত্রার সময় একজন ঈক্ষণকামী হওয়ার অনুমতি পাই। এখন চলচ্চিত্রে দেখানো দি দুরান্তের প্রভাবিত সমস্ত শিল্পগুলির কথা এই বইতে বলা আছে।

দি দুরান্তে দান্তে আলিঘিয়েরির ডিভাইন কমেডি সেরা শিল্পকর্মের প্রথম ভাগটিকে জীবনদান করার আশ্চর্যজনক অভিযানে সর্বপ্রকার প্রচেষ্টা করেছেন। তাঁর বানানো বেশ কিছু চলচ্চিত্রের সংস্করণ থেকে, আপনার হাতে ধরা বইটি পর্যন্ত, কেউ অস্বীকার করতে পারবে না যে এটা একটি ভালবাসার পরিশ্রম।

পৃষ্ঠা ওলটান এবং উপভোগ করুন!

আরমান্দ মাস্ত্রোইয়ানি

Dino Di Durante

ভূমিকা

আমি জলরঙ দিয়ে আঁকতে শুরু করি যখন আমার বয়স ছয় বছর, কিন্তু খুব তাড়াতাড়ি সেটা টেম্পোরায় পরিবর্তন করলাম কারন এই ধরনের রঙ যেভাবে নিয়ন্ত্রন করা যায় সেটা আমার ভালো লেগেছিল। আমি কাঠের ওপর ডিজনির চরিত্রগুলি এঁকেছিলাম কারন এটা আমি বিনামূল্যে জোগাড় করতে পারতাম। বেশ কয়েক বছর পরে, আমি ছবি আঁকা বন্ধ করে দিলাম এবং সঙ্গীত, ফটোগ্রাফি এবং অনেক কিছুতে প্রবেশ করলাম। কলেজের পর আমি আবার হাতে তুলি তুলে নিলাম, এবার ক্যানভাসে অ্যাক্রিলিক রঙ ব্যবহার করে, এবং ফ্রি স্টাইল চিত্রশিল্পে পরিবর্তন করে, যেটি বিমূর্ত চিত্রকলা বলেও পরিচিত।

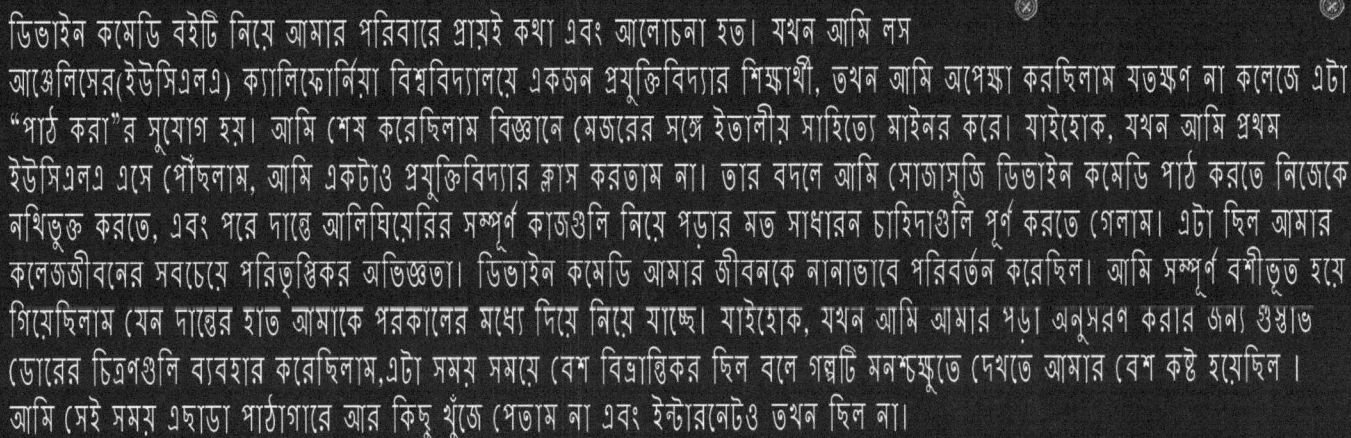

ডিভাইন কমেডি বইটি নিয়ে আমার পরিবারে প্রায়ই কথা এবং আলোচনা হত। যখন আমি লস আঞ্জেলিসের(ইউসিএলএ) ক্যালিফোর্নিয়া বিশ্ববিদ্যালয়ে একজন প্রযুক্তিবিদ্যার শিক্ষার্থী, তখন আমি অপেক্ষা করছিলাম যতক্ষণ না কলেজে এটা "পাঠ করা"র সুযোগ হয়। আমি শেষ করেছিলাম বিজ্ঞানে মেজরের সঙ্গে ইতালীয় সাহিত্যে মাইনর করে। যাইহোক, যখন আমি প্রথম ইউসিএলএ এসে পৌঁছলাম, আমি একটাও প্রযুক্তিবিদ্যার ক্লাস করতাম না। তার বদলে আমি সোজাসুজি ডিভাইন কমেডি পাঠ করতে নিজেকে নথিভুক্ত করতে, এবং পরে দান্তে আলিঘিয়েরির সম্পূর্ণ কাজগুলি নিয়ে পড়ার মত সাধারন চাহিদাগুলি পূর্ণ করতে গেলাম। এটা ছিল আমার কলেজজীবনের সবচেয়ে পরিতৃপ্তিকর অভিজ্ঞতা। ডিভাইন কমেডি আমার জীবনকে নানাভাবে পরিবর্তন করেছিল। আমি সম্পূর্ণ বশীভূত হয়ে গিয়েছিলাম যেন দান্তের হাত আমাকে পরকালের মধ্যে দিয়ে নিয়ে যাচ্ছে। যাইহোক, যখন আমি আমার পড়া অনুসরণ করার জন্য গুস্তাভ ডোরের চিত্রগুলি ব্যবহার করেছিলাম,এটা সময় সময়ে বেশ বিভ্রান্তিকর ছিল বলে গল্পটি মনশ্চক্ষুতে দেখতে আমার বেশ কষ্ট হয়েছিল । আমি সেই সময় এছাড়া পাঠাগারে আর কিছু খুঁজে পেতাম না এবং ইন্টারনেটও তখন ছিল না।

অনেক বছর পরে, আমি দান্তের ইনফার্নো নিয়ে একটা গ্র্যাফিক পত্রিকার সিরিজ তৈরি করা শুরু করলাম।এই প্রক্রিয়াটির সময় আমি এই একই বিষয়ে তৈরি হওয়া একটি চলচ্চিত্রে কাজ করার সুযোগ পেয়েছিলাম,যার শিরোনাম ছিল ইনফার্নো বাই দান্তে। কিছু গবেষণা করার পর, আমি বুঝতে পারলাম যে চলচ্চিত্রটি ভালভাবে তৈরি করার জন্য জনসাধারণের আওতায় যথেষ্ট পরিমান দৃশ্যশিল্প উপলব্ধ নয়। আমি কার্যধারা পরিবর্তন করব বলে মনস্থির করলাম, পত্রিকার সিরিজ বন্ধ করে দিলাম, এবং নরকের মধ্যে একটা নতুন যাত্রা শুরু করলাম, বৃত্তের পর বৃত্তে শুরু (অন্ধকার জঙ্গল) থেকে শেষ(যন্ত্রণার নক্ষত্র) পর্যন্ত।

স্যান্ড্রো বত্তিচেল্লি , যিনি ১৪৮০র দশকে প্রায় নিখুঁতভাবে ডিভাইন কমেডি ব্যাখ্যা করেছিলেন,তিনি আমার বলপূর্বক পথপ্রদর্শক হয়েছিলেন, দান্তোলজিসট রিকার্দো প্রাতেসি আমার বৈঠিক কাজগুলির ওপর বেশ কিছু পর্যবেক্ষণ করবার পরে। তিনি আমার নজরে আনলেন যে আমি বেশ কিছু ভুল করেছি যেগুলো অবশ্যই ঠিক করা উচিৎ যদি আমি প্রিন্ট এবং ফিল্ম উভয় মাধ্যমেই দান্তের ইনফার্নোর গভীর ব্যাখ্যা করতে চাই। যখন রিকার্দো বিনামূল্যে একজন পরামর্শদাতা হিসেবে আমাকে তাঁর সেবা দিতে চাইলেন আমি সুযোগটা নিতে ঝাঁপিয়ে পড়লাম এমন একজনের থেকে যিনি দান্তেকে আমার মতই ভালবাসেন। রিকার্দো আমার দলে যোগদান করার আগে, আমি ইতিমধ্যেই আভেটিক বালাইনের সাথে কাজ করছিলাম, যিনি আমাকে দৃশ্যগুলি ডিজাইন করতে আর তার পাশাপাশি প্রয়োজনীয় ভুলগুলি শুধরে নিয়ে বিশ্বের সম্মুখে একটি চিত্রকলার সংগ্রহ এনে দিতে সাহায্য করেছিলেন যেমনটি ইতিপূর্বে কেউ দেখে নি। সমস্ত বিবরণ, গাঢ় রঙের ব্যবহার, এবং নিখুঁত উপস্থাপনাগুলি যে সম্ভব হয়েছিল তার জন্য রিকার্দো এবং আভেটিক উভয়কেই ধন্যবাদ, পাশাপাশি স্যান্ড্রো বত্তিচেল্লি র অঙ্কন এবং চিত্রকলাগুলিকে ধন্যবাদ।

Dino Di Durante

প্রাপ্তিস্বীকার

এত বেশি মানুষকে কৃতজ্ঞতা জানানোর আছে,যে এই পৃষ্ঠা হয়তো যথেষ্ট হবে না, শুধু আকারের জন্য নয়, শব্দেও।

আমি প্রথমেই ঈশ্বরকে ধন্যবাদ জানাই আমাকে আশ্চর্যজনক লক্ষ্যটি দেওয়ার জন্য সমগ্র বিশ্বের সাথে ডিভাইন কমেডি ভাগ করে নেওয়ার জন্য।

দান্তে আলিঘিয়েরিকে, যিনি আমাকে জাগিয়ে তুলেছিলেন এবং দেখিয়েছিলেন আসল পৃথিবী এবং নিজেকে আবিস্কার করার ও আমাকে দেওয়া লক্ষ্যে সফল হওয়ার পথ।

আমার স্নেহের লুসিয়াকে, যাকে আমি শুধু আমার সমগ্র কাজ উৎসর্গই করছি না, উপরন্ত অবশ্যই তাকে ধন্যবাদ জানাই যে নিঃশর্ত ভালবাসা, সমর্থন এবং জ্ঞানের আলো তিনি আমাকে তার জীবনে দিয়েছেন।

আমার মা কে তাঁর নিঃশর্ত ভালবাসা এবং সমর্থনের জন্য, সেই ছয় বছর বয়স থেকে আমি যখন আঁকা শুরু করেছিলাম।

কার্লোসকে, যিনি প্রথমদিকে পথ বাঁধিয়ে দিয়েছিলেন যাতে আমি আমার জীবনের লক্ষ্য সম্পন্ন করতে পারি।

রিকার্দো প্রাতেসিকে, বিশেষ করে, যাকে ছাড়া দান্তের ইনফার্নোর এই চাক্ষুষ ব্যাখ্যা ভুল হয়ে থেকে যেত।

আমার বন্ধু এবং চলচ্চিত্র পরিচালক আরমান্দ মাস্ত্রোইয়ান্নিকে, যিনি শুধু আমার জন্য এই বইটির ভুমিকাই লিখে দেননি, কিন্তু এছাড়াও সবসময় আমাকে তার মূল্যবান মতামত দেওয়ার জন্য পাশে ছিলেন।

অধ্যাপক ম্যাসিমো সিয়াভোলেল্লাকে, যিনি আমার প্রথমদিকের গুনমুগ্ধ ছিলেন, সবসময় আমার জন্য ইউসিএলএর(ক্যালিফোর্নিয়া বিশ্ববিদ্যালয়) ইতালীয় বিভাগের দরজাগুলি খোলা রাখার জন্য। এছাড়াও, আমার কাজ রোম, ইতালিতে অবস্থিত রোম বিশ্ববিদ্যালয়ে "লা স্যাপিইয়েঞ্জা" আমার কাজ প্রদর্শন করার জন্য।

পাবলো আটচুগারিকে আমার কাজে বিশ্বাস রাখার জন্য, এবং উরুগুয়ের পান্তা দেল এস্তের সমৃদ্ধ রিসোর্টে তাঁর অত্যন্ত মর্যাদাপূর্ণ সংস্থার দরজা খোলার জন্য, যাতে আমি ২০১১সালের শুরুতে আমার ইনফার্নোর ৫০টুকরো শিল্প সংগ্রহ প্রদর্শন করতে পারি।

আমার প্রিয় বন্ধু জেফ কোনাওয়েকে, যিনি আমার একজন প্রথম দিকের গুনমুগ্ধ ছিলেন এবং লম্বা এবং দুরুহ কাজ সত্ত্বেও আমাকে উৎসাহ দিয়েছিলেন, এগিয়ে যেতে।

সমস্ত পেশাদারদের যারা এই বইটিকে অনুমোদন করেছিলেন, এবং লাইনে তাদের নাম রেখেছিলেন আমার কাজের ব্যাপারে অন্যদের শিখতে উৎসাহ দিতে।

এই বইটি বাংলায় অনুবাদ করার জন্য উত্তরায়ন সেনগুপ্তকে এবং বাংলা পুন: পরিক্ষা ও সংশোধন করার জন্য শ্রাবন হাসান কে।

অবশেষে, কিন্তু এটাই সব নয়, আমি শুধু আমার সহযোগীদের ধন্যবাদ জানাচ্ছি না, কিন্তু আরও সবাইকেও যারা আমার যাত্রার অংশ হয়েছেন।

Dino Di Durante

ভূমিকা

২০১১ সালের জানুয়ারির ১২ থেকে ফেব্রুয়ারির ২৮ তারিখ পর্যন্ত উরুগুয়ের পান্তা দেল এস্তের সমৃদ্ধ অধিষ্ঠানের পাবলো আটচুগারি সংস্থায় দান্তের ইনফার্নোর শিল্প সংগ্রহ প্রিমিয়ার করা হয়েছিল একটি কাজের অগ্রগতি হিসেবে। সেই সময়, সংগ্রহটি সমাপ্ত হয় নি এবং শুধু ৫০টি টুকরো প্রদর্শিত হয়েছিল।

বেশ কয়েক বছর পরে আমি সান ডিয়েগোর কমিক কনে একটি প্রায় সমাপ্ত সংগ্রহকে উপস্থাপিত করার সুযোগ পেয়েছিলাম। দান্তের সমগ্র ৭২ টুকরোর সংগ্রহটি শেষ হতে সাত বছরেরও বেশি সময় লেগেছিল, ২০০৭এর শুরু থেকে ২০১৪এর শেষ পর্যন্ত। প্রত্যেক চিত্রকলার ৫০টিরও বেশি সংস্করণ আছে, এমনকি কয়েকটির তো ১০০ টিরও বেশি সংস্করণ আছে, কিন্তু চূড়ান্ত চিত্র শুধু একটাই।

এই বইটিতে ছাপা প্রত্যেকটি চিত্র তার নীচে লেখা একটি সংক্ষিপ্ত বিবরনের সঙ্গে আসে যাতে আপনি গল্পটি সহজেই অনুসরণ করতে পারেন।এর সঙ্গে, প্রত্যেক চিত্রের নীচে কিউআর সংকেতলিপি ছাপা আছে, যেটা একটি স্মার্ট ফোন বা ট্যাবলেট দিয়ে স্ক্যান করা যেতে পারে, সেটা এই জটিল গল্পটি বোঝার জন্য আরও বেশি সুবিধা যোগ করেছে। যখন আপনি হলুদ কিউআর সংকেতলিপি স্ক্যান করেন, এটা আপনাকে আমাদের ইনফার্নোর বিনামূল্যের অনলাইন ইবুক সংস্করনের সেই নির্দিষ্ট অনুচ্ছেদের লেখাটি পড়তে অনুমতি দেয়। যখন আপনি রুপোলী কিউআর সংকেতলিপি নির্ণয় করেন, এটা আপনাকে পছন্দমত বিভিন্ন আকার এবং মাধ্যমে সেই বিশেষ চিত্রকলাটি ক্রয়ের বিকল্প দিয়ে থাকে।

আমি এই জ্ঞানগর্ভ এবং অত্যন্ত জটিল গল্পটিকে আপনার জন্য সহজ করে তুলতে খুব কষ্ট করে কাজ করেছি।এই কর্মটি সমাধা করবার জন্য, আমি নিজেকে নরকে এমনভাবে অবস্থিত করেছিলাম যেন আমার ৩৬০ ডিগ্রী দর্শন করার ক্ষমতা আছে এবং এই শিল্প সংগ্রহটির মধ্যে সেটাই আপনার জন্য দৃষ্টিগোচর করেছি যেটি আপনি দর্শন করতে চলেছেন। এখন আপনার কাছে সুযোগ আছে আমার বিচারক হওয়ার এবং আমি এই লক্ষ্যটি সম্পন্ন করতে পেরেছি কিনা সেটা আমাকে জানিয়ে দিন।

দান্তে আলিঘিয়েরি তাঁর শ্রেষ্ঠ সাহিত্যকর্ম লিখেছিলেন, দা ডিভাইন কমেডি, আমাদের নিজেদের জীবন – অতীত, বর্তমান এবং ভবিষ্যৎ সম্পর্কে শিক্ষার জন্য। আমি যে এই দীর্ঘ যদিও জ্ঞানগর্ভ অভিজ্ঞতার শেষ পর্বে এসে পৌঁছেছি, আমি আশা করি যে আমার কাজ দান্তেকে সুবিচার দেবে এবং আপনার কাছে দৃশ্যত তাঁর বার্তা বহন করে নিয়ে যাবে, যাতে আপনি আপনার জীবনের উদ্দেশ্য খুঁজে পান।

ঈশ্বর আপনার মঙ্গল করুন!

Dino Di Durante

১৩০০ এ সি – কুমা, ইতালি

দান্তে একটা গভীর জঙ্গলে নিজেকে হারিয়ে যাওয়া অবস্থায় পুনরায় আবিস্কার করলেন

প্রথম বন্য জন্তুটি
দান্তের পথ একটি লিঙ্কস দ্বারা অবরুদ্ধ

দ্বিতীয় বন্য জন্তুটি
দান্তের পথ একটি সিংহ দ্বারা অবরুদ্ধ

তৃতীয় বন্য জন্তুটি

দান্তের পথ একটি মেয়ে নেকড়ে দ্বারা অবরুদ্ধ

ভার্জিল আবির্ভূত হলেন

ভার্জিল দান্তেকে একটি ক্ষুধার্থ মেয়ে নেকড়ের কবল থেকে রক্ষা করেন

দান্তে ভার্জিলকে আলিঙ্গন করেন
দান্তে তার হিরোর আবির্ভাব দেখে বিস্মিত হয়েছেন

বিয়েট্রিস স্বর্গ থেকে নরকে নেমে এলেন
ভার্জিল অবাক বিস্ময়ে দেখলেন

বিয়েট্রিস নরকে আংশিকভাবে মূর্ত হন
ভার্জিল বিয়েট্রিসকে নত হয়ে অভিবাদন জানান

ভার্জিলের লক্ষ্য

বিয়েট্রিস ভার্জিলকে বলেন দান্তেকে নরক এবং যন্ত্রণাভোগের মধ্যে দিয়ে পথ দেখাতে

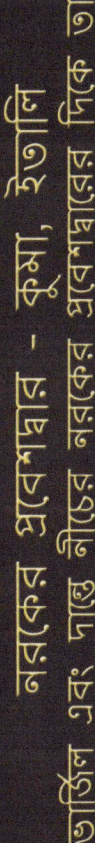

নরকের প্রবেশদ্বার - কুমা, ইতালি
ভার্জিল এবং দান্তে নীচের নরকের প্রবেশদ্বারের দিকে তাকান

নরকের দরজা

প্রবেশদ্বারে হিব্রুতে খোদাই করা আছেঃ "আমার মধ্যে দিয়ে..."

নরকের মধ্যের গুহাটি
দান্তে এবং ভার্জিল যন্ত্রণার শহরের দিকে হাঁটেন

নরকের প্যানোরামিক দর্শন

দান্তে এবং ভার্জিল নরকে ঢোকেন এবং যন্ত্রণাভোগের ৯টি বৃত্তের মুখোমুখি হন

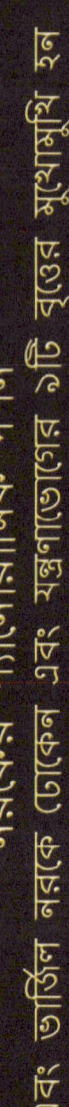

নরকের নকশা
৯টি বৃত্ত এবং তাদের উপবিভাগগুলি

স্লথটি এবং আগমনরত পাপীরা

অ্যাকেরন নদী বরাবর পরিবাহিত হওয়ার জন্য অপেক্ষারত

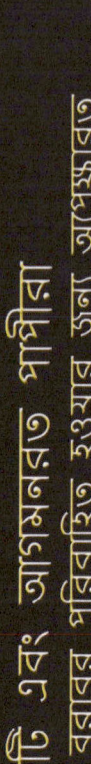

শ্যারন - জ্বলন্ত চোখের দৈত্য

শ্যারন পাপীদের অপর পারে বয়ে নিয়ে পৌঁছে দেওয়ার জন্য এসে পৌঁছন

শ্যারন কবিদের সম্মুখীন হন
দান্তেকে হুমকি দেওয়া হয় এবং তিনি ভার্জিলের পেছনে লুকিয়ে পড়েন

দান্তে অজ্ঞান হয়ে যান

শ্যারন পাপীদের মারেন এবং দান্তে তাদের যন্ত্রণা দেখে দাঁড়িয়ে থাকতে পারেন না

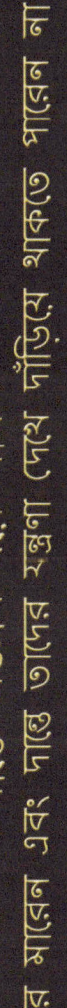

দান্তে পড়ে যান

তিনি পাপীদের দ্বারা পরিবৃত এবং ভার্জিলের থেকে সহায়তা পান

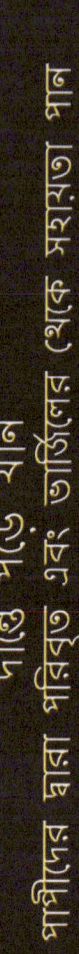

আকেরন নদীর আড়াআড়িভাবে
শ্যারন দান্তে এবং ভার্জিলের সঙ্গে পাপীদের পরিবহন করেন

প্রথম বৃত্ত - লিম্বো

দান্তে এবং ভার্জিল সাত দেওয়ালের দুর্গে এলেন

মহান সহচর

দান্তে এবং ভার্জিল হোমার এবং অন্যান্য কবিদের সাথে দুর্গে প্রবেশ করলেন

সাত দেওয়ালের মধ্য দিয়ে

দান্তে এবং ভারজিলি দুর্গের কেন্দ্রে উপস্থিতি হলেন

নরকের মহান আত্মারা

দান্তে এবং ভার্জিল দেখা করলেন সক্রেটিস, জুলিয়াস সিজার, অ্যারিস্টটলের সঙ্গে ...

বিজয়ী

মহান সেনাপতি যিনি পরাজিত ক্রুসেডারদের ক্ষমা করে দিয়েছিলেন

মিনোস - নরকের বিচারক

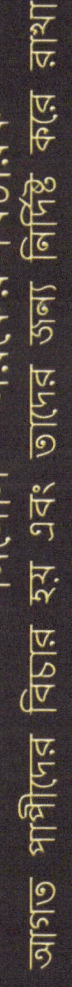

আগত পাপীদের বিচার হয় এবং তাদের জন্য নির্দিষ্ট করে রাখা বৃত্তে পাঠানো হয়

দ্বিতীয় বৃত্ত - কামুক ব্যক্তি
ক্লিওপেট্রা এবং মার্ক অ্যান্টনি

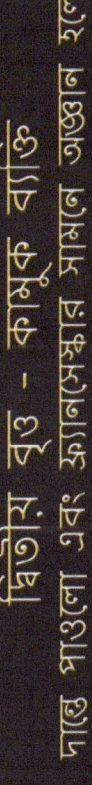

দ্বিতীয় বৃত্ত - কামুক ব্যক্তি

দান্তে পাওলো এবং ফ্র্যানসেস্কার সামনে অজ্ঞান হলেন

পেটুক ব্যক্তিরা

ভার্জিল শান্ত করার জন্য সারবেরাসের দিকে কাদা ছোঁড়েন

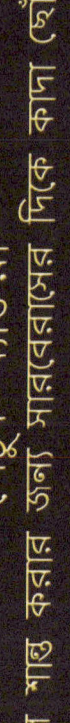

চতুর্থ বৃত্ত - অবিভাবক ব্যক্তি

প্লুটাস আক্রোশে চিৎকার করেন “পাপে শয়তান, পাপে শয়তান আলেপ্পে!”

চতুর্থ বৃত্ত - লোভী এবং অপচয়কারীরা
পাপীরা একে অপরের সাথে লড়তে লাগলেন এবং ঘুরে দাঁড়ালেন

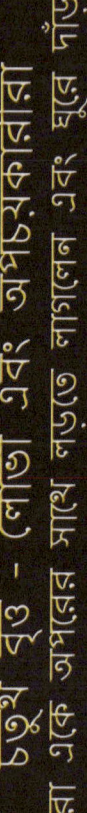

অত্যন্ত ক্রুদ্ধ এবং অন্ধকারাচ্ছন্ন ব্যক্তিরা
ফেলেগ্যাস দান্তে এবং ভার্জিলকে স্টাইক্স নদী পার করেন

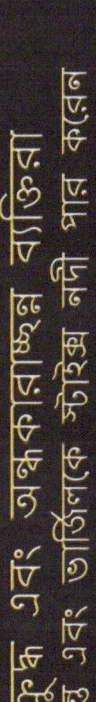

ডিস দেওয়ালের ওপরে তিনজন ফিউরি আবির্ভূত হলেন
তারা মেডুসাকে ডেকে আনার হুমকি দিলেন এবং ভার্জিল দান্তের চোখগুলো ঢেকে দিলেন

দৈত্যরা ডিস শহরের প্রবেশপথ অবরুদ্ধ করে
ভার্জিল তর্ক করেন যে দান্তে ঈশ্বরের একটা কাজে এসেছিলেন

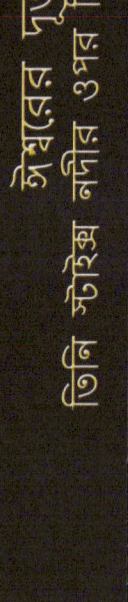

ঈশ্বরের দূত আবির্ভূত হলেন
তিনি স্টাইক্স নদীর ওপর দিয়ে ডিস প্রবেশদ্বারের দিকে গেলেন

দেবদূত আল দৈত্যদের পাঠান এবং এই দরজাগুলি খোলেন
দান্তে অভিবাদন জানালেন এবং উভয় কবি নিম্ন নরকে ঢোকেন

মেডুসা এবং তার শেষ শিকারগুলি
পলিডেকটেস এবং তার পারিষদবর্গের সংরক্ষিত দেহগুলি

ষষ্ঠ বৃত্ত - পাষন্ডরা

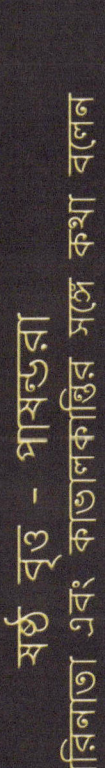

দান্তে ফারিনাতা এবং কাভালকান্তির সঙ্গে কথা বলেন

সপ্তম বৃত্ত - ভায়োলেনটের অভিভাবক

মিনোটার দান্তেকে হুমকি দিলেন যখন তারা ধ্বসের সঙ্গে অবতরণ করছেন

সপ্তম বৃত্ত - ভূমিস্খলন

দান্তে এবং ভার্জিল অবতরণ করেন এবং তাদের শিরন এবং নেসাসের সঙ্গে দেখা হয়

সপ্তম বৃত্ত: প্রথম বলয় - ফুটন্ত রক্তের মধ্যে হত্যাকারীরা
ভার্জিল শূন্যে ওঠেন। নেসাস দান্তেকে ফ্লেগেথন নদী বরাবর বয়ে নিয়ে যান

সপ্তম বৃত্ত - দ্বিতীয় বলয় - আত্মহত্যাকারী এবং অপব্যয়ীরা
দান্তে একটা শাখায় মন্থর হলেন এবং পিয়ের ডেলে ভিগ্নের রক্তপাত হয়

তৃতীয় বলয় - আগুনের বৃষ্টির নীচে ভায়োলেন্ট
ব্লাস্ফেমাররা,সোডোমাইটরা এবং উসারাররা

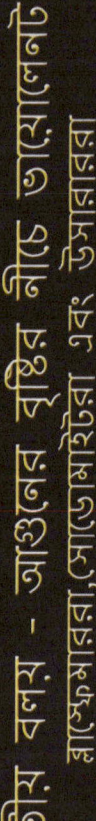

প্রেসিপিস
ভার্জিল প্রান্তের ওপর থেকে গেরিওনকে দান্তের দড়ি ছুঁড়ে সংকেত দেন

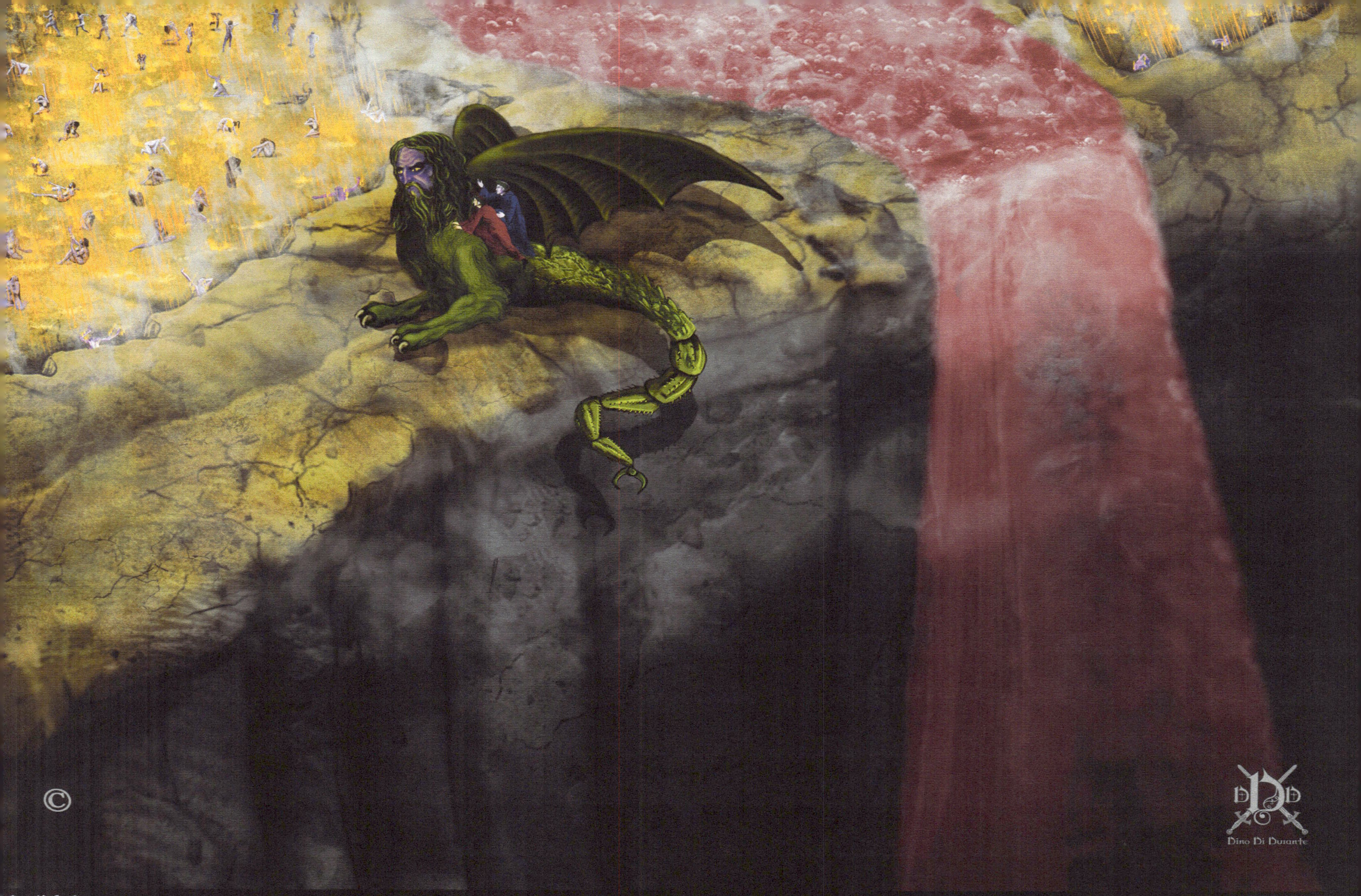

গেরিওন আবির্ভূত হন

দান্তে এবং ভার্জিল গেরিওনের পিঠে চেপে নীচে মালেবলজে যান

গেরিওন পৌঁছলেন

দান্তে এবং ভারজিল মালেবলজে অবতরণ করেন

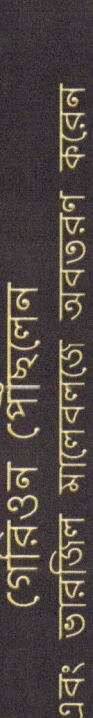

অষ্টম বৃত্ত, মালেবলজ, এবং নীচের নবম বৃত্ত

অষ্টম বৃত্ত, মালবেলজ, প্রতারনা যনি করনে - ফাটল ১
প্যানডরোর এবং প্রলো ভনকারীদরে দত্যেরা চাবুক মারে

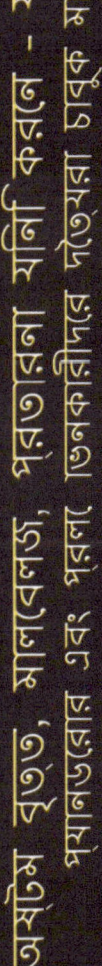

অষ্টম বৃত্ত, মালেবলজ, প্রতারনা যিনি করেন - ফাটল ২
বিষ্ঠার লেকে মোসাহেবরা

অষ্টম বৃত্ত, মালেবলজ, প্রতারনা যিনি করেন - ফাটল ৩
সিমোনিসটরা আগুনে পা রেখে গর্তের মধ্যে পড়ে যান

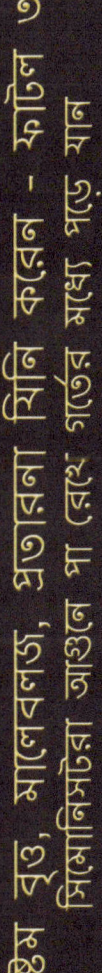

অষ্টম বৃত্ত, মালেবলজ, প্রতারনা যিনি করেন - ফাটল ৪
জাদুকররা, ভবিষ্যৎবক্তারা, এবং ভুয়ো যাজকরা

অষ্টম বৃত্ত, মালেবলজ, প্রতারনা যিনি করেন - ফাটল ৫
মামলাকারী ব্যক্তিরাঃ জ্বলন্ত আলকাতরার হ্রদের মধ্যে দুর্নীতিপরায়ণ রাজনৈতিক ব্যক্তিরা

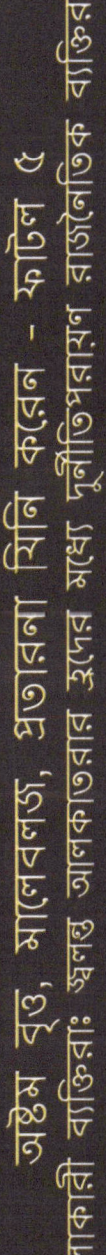

অষ্টম বৃত্ত, মালেবলজ, প্রতারনা যিনি করেন - ফাটল ৬
মুনাফাবাজরাঃ কয়েকজন ধাতুর চাদর পরিধান করেন, অন্যরা ক্রুশবিদ্ধ হন

অষ্টম বৃত্ত, মালেবলজ, প্রতারনা যিনি করেন - ফাটল ৬
মুনাফাবাজরাঃ ভার্জিল দান্তেকে একটা খাড়া পাথর দিয়ে বেরোনোর পথ দেখান

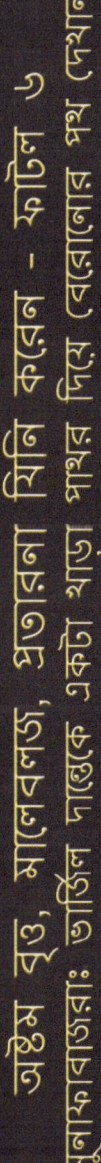

অষ্টম বৃত্ত, মালেবলজ, প্রতারনা যিনি করেন - ফাটল ৭
চোরেরা বার বার চিরকালের মত সরীসৃপে রূপান্তরিত হয়

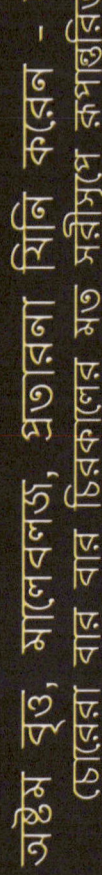

অষ্টম বৃত্ত, মালেবলজ, প্রতারনা যিনি করেন - ফাটল ৮
খারাপ পরামর্শদাতারাঃ ইউলিসিসরা, ডিওমেডরা এবং অন্যান্যরা আগুনে পোড়েন

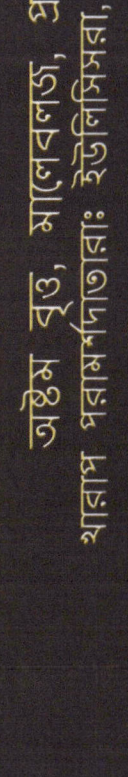

অষ্টম বৃত্ত, মালেবলজ, প্রতারনা যিনি করেন - ফাটল ৯
শোয়ারদের অনৈক্য দৈত্যদের অসি দ্বারা ছেঁটে ফেলা হয়

অষ্টম বৃত্ত, মালবেলজ, প্রতারনা যনি করনে - ফাটল ১০
মথ্যিপেন্থরিাঃ অপরসায়নবদিরা, জাল ব্যক্তরিা, ভয়হীনরা এবং ভণ্ডরা

বম বৃত্ত, অভিভাবকরা
বিশালাকায় ব্যক্তিরাঃ এফিয়ালটেস, অ্যানটেয়াস এবং নিমরোড

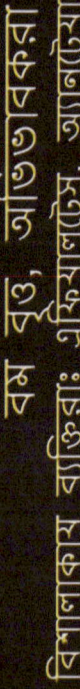

নবম বৃত্ত - বেইমানরা
কাউনট উগোলিনো আর্চবিসপ রুগিয়েরির মস্তক চর্বণ করেন

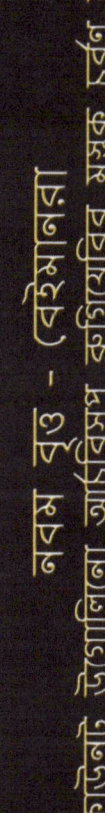

নবম বৃত্ত - বেইমানরা
কোমর পর্যন্ত বরফে পোঁতা শয়তান তিনজন পাপীকে চর্বণ করেন

নবম বৃত্ত - বিশ্বাসঘাতকেরা

একজন চামড়াহীন শয়তান জুডাস, ব্রুটাস এবং ক্যাসিয়াসকে চর্বণ করেন

মহান পলায়ন

ভার্জিল দান্তেকে তার পিঠে বয়ে নিয়ে যান, শয়তানের শরীরের নীচে ও ওপরে

শয়তানের শরীরের ওপর নরক থেকে বেরনো
দান্তে এবং ভার্জিল দক্ষিন গোলার্ধে উদয় হন

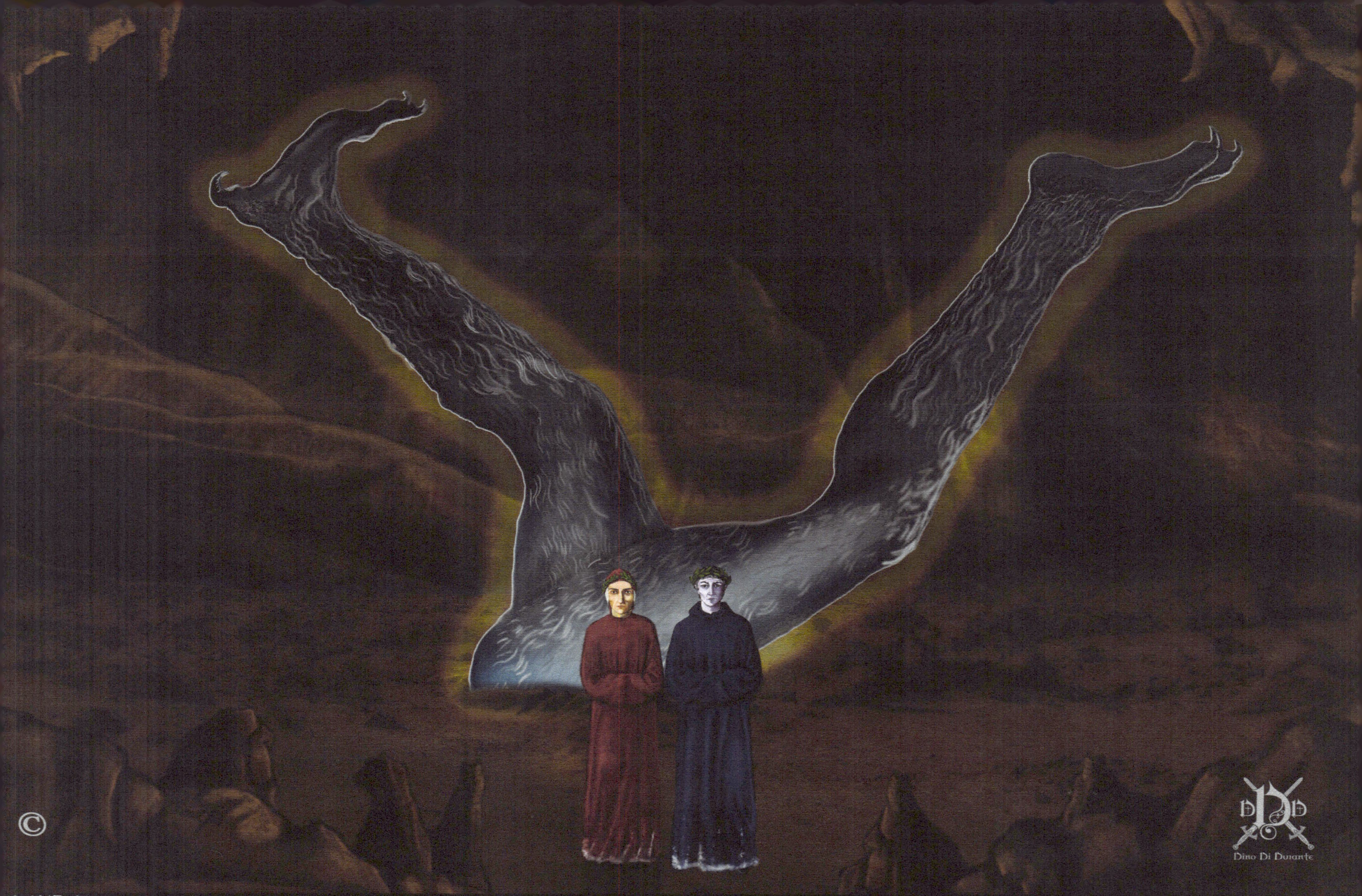

প্রস্থানপথের দিকে
দান্তে এবং ভার্জিল শয়তানের থেকে দূরে হেঁটে যান

প্রস্থানপথের কাছাকাছি এসে যাওয়া

দান্তে এবং ভার্জিল পৃথিবীর বাইরে যাওয়ার জন্য রাস্তা তৈরি করেন

একটি আলোর রেখা

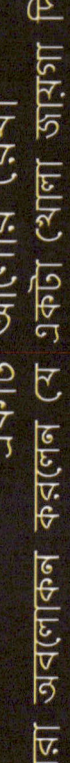

কবিরা অবলোকন করলেন যে একটা খোলা জায়গা দিয়ে আলো আসছে

হাতছানি দেওয়া আলো

দান্তে এবং ভার্জিল আলো অনুসরণ করেন

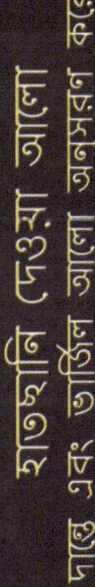

নক্ষত্রগুলি

দান্তে এবং ভার্জিল প্রস্থান নাক্ষত্রিক আলো দিয়ে দর্শিত হয়েছিল

যন্ত্রণাভোগের মধ্যে নিষ্ক্রমণ
কবিরা লক্ষ্য করেন শুক্রগ্রহ এবং নক্ষত্ররা সমুদ্রে প্রতিফলিত হচ্ছে

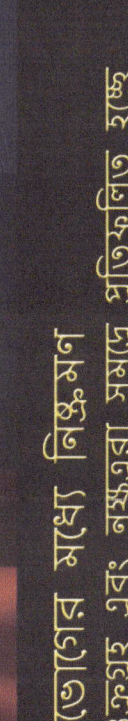

যন্ত্রণাভোগের মধ্যে নিষ্ক্রমণ
কবিরা লক্ষ্য করেন শুক্রগ্রহ এবং নক্ষত্ররা সমুদ্রে প্রতিফলিত হচ্ছে

নরকের কোলাজ

প্লুটো, মিনোস এবং দুটো আত্মহত্যার মধ্যে দান্তে

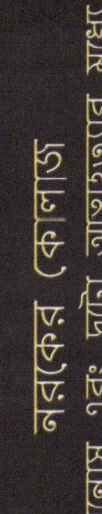

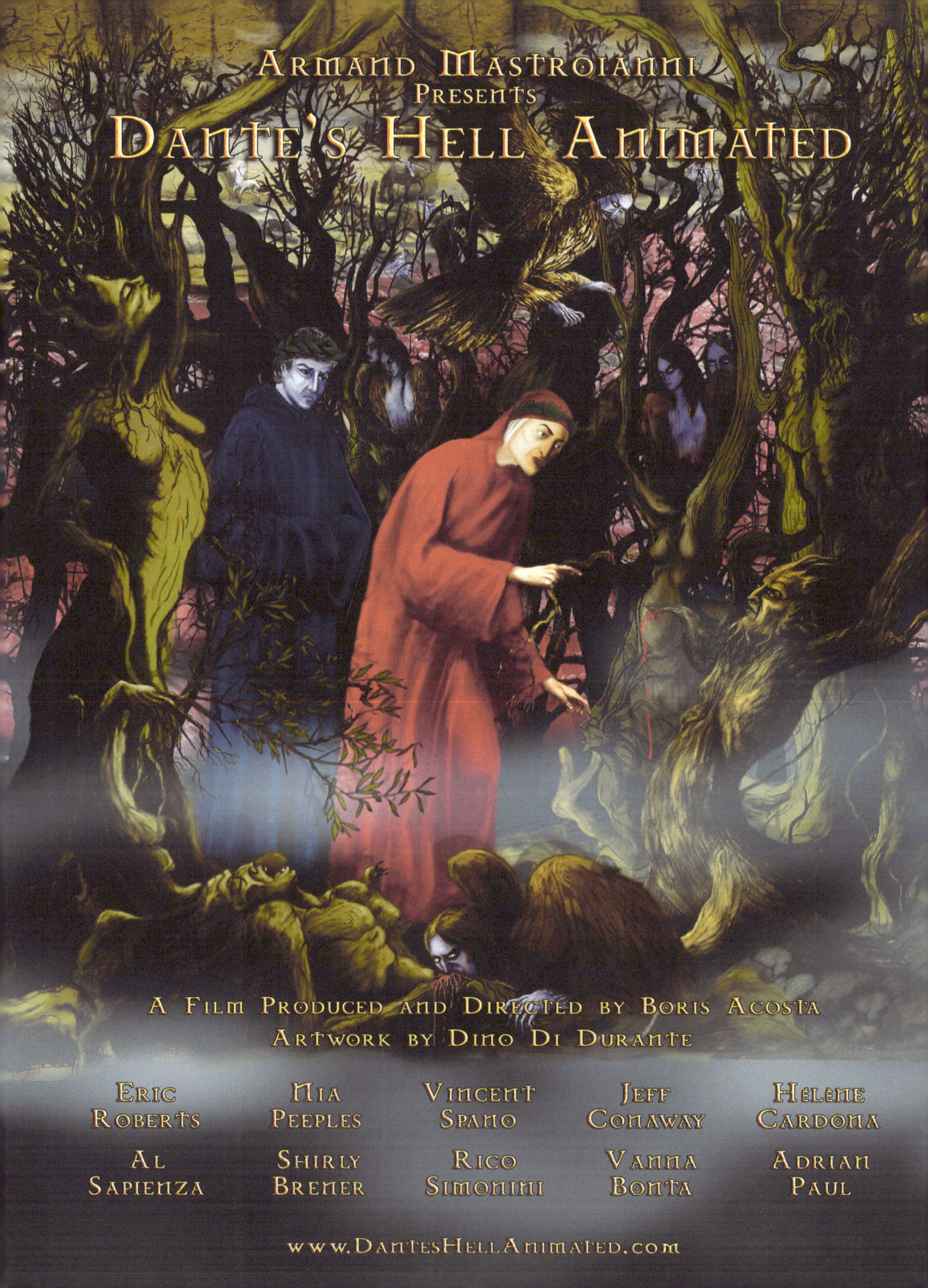
Armand Mastroianni
Presents
Dante's Hell Animated
A Film Produced and Directed by Boris Acosta
Artwork by Dino Di Durante
Eric Roberts
Nia Peeples
Vincent Spano
Jeff Conaway
Hélène Cardona
Al Sapienza
Shirly Brener
Rico Simonini
Vanna Bonta
Adrian Paul
www.DantesHellAnimated.com

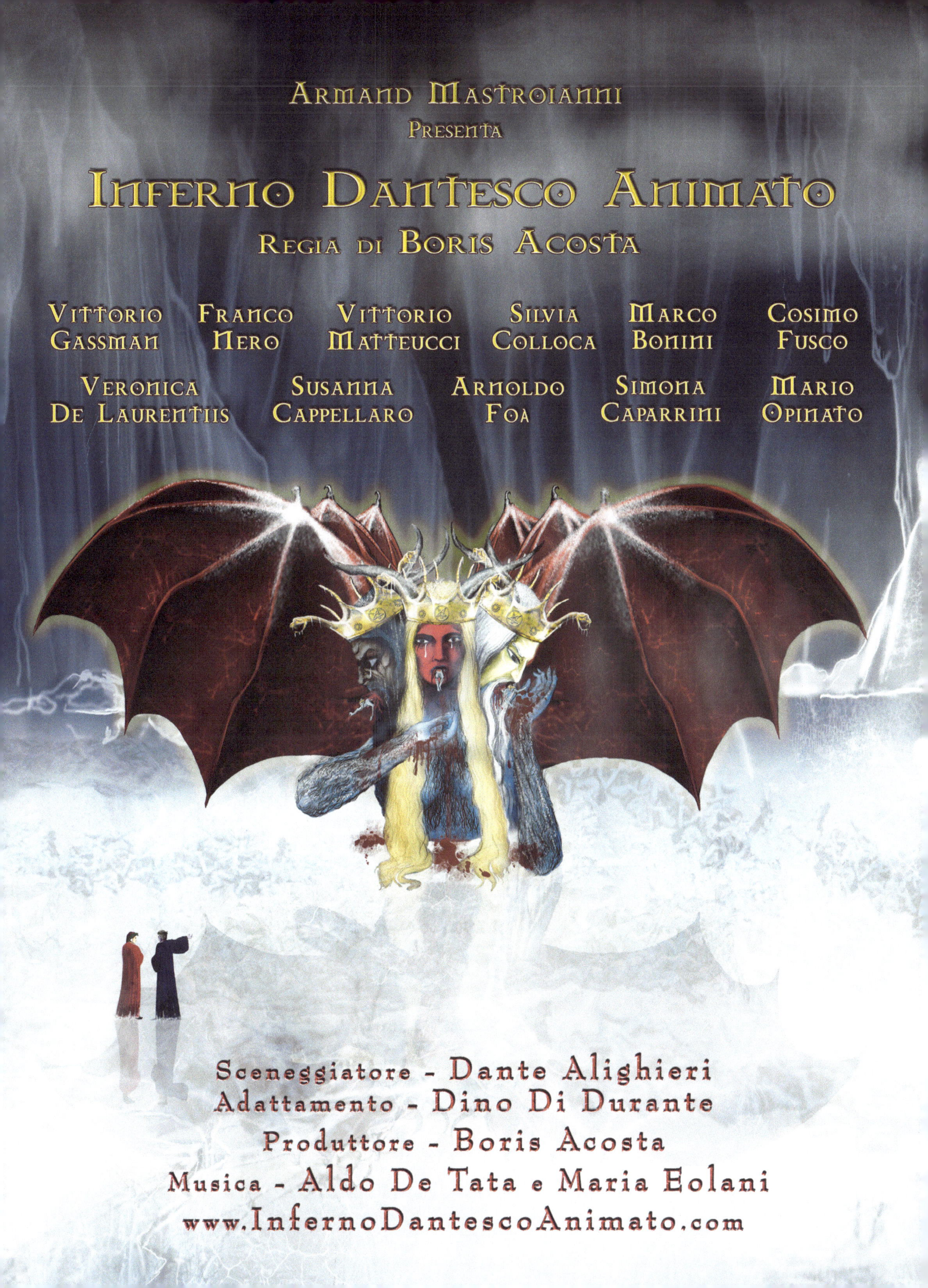
Armand Mastroianni
Presenta
Inferno Dantesco Animato
Regia di Boris Acosta
Vittorio Gassman
Franco Nero
Vittorio Matteucci
Silvia Colloca
Marco Bonini
Cosimo Fusco
Veronica De Laurentiis
Susanna Cappellaro
Arnoldo Foa
Simona Caparrini
Mario Opinato
Sceneggiatore - Dante Alighieri
Adattamento - Dino Di Durante
Produttore - Boris Acosta
Musica - Aldo De Tata e Maria Eolani
www.InfernoDantescoAnimato.com

www.ingramcontent.com/pod-product-compliance
Lightning Source LLC
Chambersburg PA
CBHW040827050726
47507CB00021B/146